Nouvelle Messénienne.

IMPRIMERIE D'ÉVERAT,
rue du Cadran, n° 16.

NOUVELLE MESSÉNIENNE,

Par M. Casimir Delavigne,

DE L'ACADÉMIE FRANÇAISE.

UNE SEMAINE DE PARIS.

> Eh bien ! ils tomberont, ces amans de la nuit;
> La force comprimée est celle qui détruit.
> C'est quand il est captif dans un nuage sombre
> Que le tonnerre éclate et luit ;
> Et la chute est facile à qui marche dans l'ombre.
>
> (*Epilogue des dernières Messéniennes.*)

Deuxième Edition.

Paris.

ALEXANDRE MESNIER, LIBRAIRE,
Place de la Bourse.

1830.

UNE SEMAINE

DE PARIS.

Aux Français.

Debout, mânes sacrés de mes concitoyens !
Venez ; inspirez-les, ces vers où je vous chante.
Debout, morts immortels, héroïques soutiens
De la liberté triomphante !

Brûlant, désordonné, sans frein dans son essor,
Comme un peuple en courroux qu'un même cri soulève,
Que cet hymne vers vous s'élève
De votre sang qui fume encor!

Quels sont donc les malheurs que ce jour nous apporte ?
— Ceux que nous présageaient ses ministres et lui.
— Quoi! malgré ses sermens! — Il les rompt aujourd'hui.
— Le ciel les a reçus. — Et le vent les emporte.
— Mais les élus du peuple?... — Il les a cassés tous.
— Les lois qu'il doit défendre? — Esclaves comme nous.
— Et la pensée? — Aux fers. — Et la liberté? — Morte.
— Quel était notre crime? — En vain nous le cherchons.
— Pour mettre en interdit la patrie opprimée,
Son droit? — C'est le pouvoir. — Sa raison? — Une armée.
— La nôtre est un peuple : marchons.

Il marchaient, ils couraient sans armes,
Ils n'avaient pas encor frappé,
On les tue; ils criaient : Le monarque est trompé!
On les tue...... ô fureur! Pour du sang, quoi! des larmes!

De vains cris pour du sang! — Ils sont morts les premiers;
Vengeons-les, ou mourons. — Des armes! — Où les prendre?
— Dans les mains de leurs meurtriers :
A qui donne la mort c'est la mort qu'il faut rendre.

Vengeance! place au drapeau noir!
Passage, citoyens! place aux débris funèbres
Qui reçoivent dans les ténèbres
Les sermens de leur désespoir!
Porté par leurs bras nus, le cadavre s'avance.
Vengeance! Tout un peuple a répété : Vengeance!
Restes inanimés, vous serez satisfaits!
Le peuple vous l'a dit, et sa parole est sûre;
Ce n'est pas lui qui se parjure:
Il a tenu quinze ans les sermens qu'il a faits.

Il s'est levé : le tocsin sonne;
Aux appels bruyans des tambours,
Aux éclats de l'obus qui tonne,
Vieillards, enfans, cité, faubourgs,
Sous les haillons, sous l'épaulette,

Armés, sans arme, unis, épars,
Se roulent contre les remparts
Que le fer de la baïonnette
Leur oppose de toutes parts.
Ils tombent; mais dans cette ville,
Où sur chaque pavé sanglant
La mort enfante en immolant,
Pour un qui tombe il en naît mille.

Ouvrez, ouvrez encor les grilles de Saint-Cloud!
Vomissez des soldats pour nous livrer bataille.
Le sabre est dans leurs mains; dans leurs rangs, la mitraille;
Mais de la liberté l'arsenal est partout.

Que nous importe à nous l'instrument qui nous venge!
Une foule intrépide agite en rugissant
La scie aux dents d'acier, le levier, le croissant;
Sous sa main citoyenne en arme tout se change.
Des foyers fastueux les marbres détachés,
Les grès avec effort de la terre arrachés,

Sont des boulets pour sa colère ;
Et, soldats comme nous, nos femmes et nos sœurs
Font pleuvoir sur les oppresseurs
Cette mitraille populaire.

Qu'ils aient l'ordre pour eux, le désordre est pour nous!
Désordre intelligent, qui seconde l'audace,
Qui commande, obéit, marque à chacun sa place,
Comme un seul nous fait agir tous,
Et qui prouve à la tyrannie,
En brisant son sceptre abhorré,
Que, par la patrie inspiré,
Un peuple, comme un homme, a ses jours de génie.

Quoi! toujours sous le feu, si jeune, au premier rang!
Retenons ce martyr que trop d'ardeur enflamme.
Il court, il va mourir... Relevons le mourant :
O liberté, c'est une femme!

Quel est-il ce guerrier suspendu dans les airs?
De son drapeau qu'il tient encore
Il roule autour de lui le linceul tricolore,
Et disparaît au milieu des éclairs.

Viens recueillir sa dernière parole,
Grande ombre de Napoléon !
C'est à toi de graver son nom
Sur les piliers du nouveau pont d'Arcole.

Ce soleil de juillet qu'enfin nous revoyons,
Il a brillé sur la Bastille.
Oui, le voilà, c'est lui! La liberté, sa fille,
Vient de renaître à ses rayons.
Luis pour nous, accomplis l'œuvre de délivrance;
Avance, mois sauveur, presse ta course, avance :
Il faut trois jours à ces héros.
Abrége au moins pour eux les nuits qui sont sans gloire :
Avance, ils n'auront de repos
Que dans la tombe ou la victoire.

Nuits lugubres ! tout meurt, lumière et mouvement.
De cette obscurité muette et sépulcrale
Quels bruits inattendus sortent par intervalle?
Le cliquetis du fer qui heurte pesamment
Des débris entassés la barrière inégale ;
Ces cris se répondant de moment en moment :

Qui vive ?... — Citoyens. — Garde à vous, sentinelles !
L'adieu de deux amis, dont un embrassement
Vient de confondre encor les ames fraternelles ;
Les soupirs d'un blessé qui s'éteint lentement,
Et sous l'arche plaintive un sourd frémissement,
Quand l'onde, en tournoyant, vient refermer la tombe
D'un cadavre qui tombe.....

Au Louvre, amis ; voici le jour !
Battez la charge ! Au Louvre, au Louvre !
Balayé par le plomb qui se croise et les couvre,
Chacun, pour mourir à son tour,
Vient remplir le rang qui s'entr'ouvre.
Le bataillon grossit sous ce feu dévorant.
Son chef dans la poussière en vain roule expirant ;
Il saisit la victime, il l'enlève, il l'emporte,
Il s'élance, il triomphe, il entre..... Quel tableau !
Dieu juste ! la voilà victorieuse et morte
Sur le trône de son bourreau !

Allez, volez, tombez dans la Seine écumante,
D'un pouvoir parricide emblèmes abolis !

Allez, chiffres brisés; allez, pourpre fumante;
Allez, drapeaux déchus, que le meurtre a salis!
Dépouilles des vaincus, par le fleuve entraînées,
Dépouilles des martyrs que je pleure aujourd'hui,
Allez, et sur les flots, à Saint-Cloud, portez-lui
Le bulletin des trois journées!

Victoire! embrassons-nous. — Tu vis! — Je te revoi!
— Le fer de l'étranger m'épargna comme toi.
— Quel triomphe! — En trois jours. — Honneur à ton courage!
— Gloire au tien! — C'est ton nom qu'on cite le premier.
— N'en citons qu'un. — Lequel? — Celui du peuple entier.
Hier qu'il était brave, aujourd'hui qu'il est sage!
— Du trépas, en mourant, un d'eux m'a préservé.
— Mais ton sang coule encor. — Ma blessure est légère.
— Et ton frère? — Il n'est plus. — L'assassin de ton frère,
Tu l'as puni? — Je l'ai sauvé.

Ah! qu'on respire avec délices,
Et qu'il est enivrant l'air de la liberté!
Comment regarder sans fierté
Ces murs couverts de cicatrices,

Ces drapeaux qu'à l'exil redemandaient nos pleurs,
Et dont nous revoyons les glorieux symboles
Voltiger, s'enlacer, courber leurs trois couleurs
Sur ces nobles enfans, l'orgueil de nos écoles?
Des fleurs à pleines mains, des fleurs pour ces guerriers!
Jetez-leur au hasard des couronnes civiques :
Ils ne tomberont, vos lauriers,
Que sur des têtes héroïques.

Mais lui, que sans l'abattre ont jadis éprouvé
Le despotisme et la licence,
Que la vieillesse a retrouvé
Ce qu'il fut dans l'adolescence,
Entourons-le d'amour! Français, Américains,
De baisers et de pleurs couvrons ses vieilles mains!
La popularité, si souvent infidèle,
Est fille de la terre et meurt en peu d'instans;
La sienne, plus jeune et plus belle,
A traversé les mers, a triomphé du temps :
C'était à la vertu d'en faire une immortelle.

O toi, Roi citoyen, qu'il presse dans ses bras
Aux cris d'un peuple entier, dont les transports sont justes,

Tu fus mon bienfaiteur, je ne te louerai pas :
Les poètes des rois sont leurs actes augustes.
Que ton règne te chante, et qu'on dise après nous :
Monarque, il fut sacré par la raison publique;
Sa force fut la loi; l'honneur, sa politique;
Son droit divin, l'amour de tous.

Pour toi, peuple affranchi, dont le bonheur commence,
Tu peux croiser tes bras après ton œuvre immense;
Purs de tous les excès, huit jours l'ont enfanté.
Ils ont conquis les lois, chassé la tyrannie,
Et couronné la liberté :
Peuple, repose-toi; ta semaine est finie!

EXTRAIT DE LA REVUE DE PARIS.

REVUE

DE PARIS.

PROSPECTUS.

Dans un temps de prospectus, nous bornerons le nôtre à la table des matières contenues dans les 18 volumes de la *Revue de Paris* déjà publiés. L'intérêt et la diversité des sujets traités, les noms des nombreux collaborateurs de la *Revue de Paris*, suffiront comme garanties.

Outre les nouvelles de M. Pr Mérimée, les proverbes de M. Théodore Leclercq, de M. Scribe, des auteurs des *Soirées de Neuilly*, etc., etc., que nous continuerons à publier, nos mesures sont prises pour qu'aucune grande question philosophique ou littéraire ne s'agite en France sans être un objet d'études et d'examen dans la *Revue de Paris*. Tous les faits, tous les documens des littératures étrangères, toutes les nouvelles qui intéressent les arts, les sciences et les lettres, y trouveront place. Dans un temps où les matières politiques remplissent les colonnes des journaux quotidiens, la *Revue de Paris* se fera un devoir de rendre compte des ouvrages nouveaux et des pièces de théâtre; elle pourra ainsi éclairer encore plus d'une question d'art par la critique littéraire.

CONTENU

Des dix-huit Volumes déjà publiés.

Première Année.

PREMIER VOLUME.

PREMIÈRE LIVRAISON.

DEUXIÈME LIVRAISON.

TROISIÈME LIVRAISON.

Observations sur le caractère et l'esprit des chroniques du moyen âge, par M. MICHAUD, de l'Académie-Française.—Souvenirs et portraits de la révolution française, par M. CH. NODIER. 2e article. Euloge Schneider, ou la Terreur en Alsace.—De l'état actuel des fouilles de Pompéi, par M. RAOUL-ROCHETTE. — Tableaux de mœurs, par M. E. SCRIBE. Ier proverbe. Un ministre sous Louis XV, 2e et dernière partie. — Bulletins bibliographiques des littératures française et étrangères.

QUATRIÈME LIVRAISON.

Mœurs anglaises. Des clubs de Londres, par M. AMÉDÉE PICHOT. —La mort du bandit, ballade, par M. CASIMIR DELAVIGNE. — De la Comédie en France, et des obstacles qu'elle y rencontre, par M. MAZÈRES.—Des bals costumés de Madame, duchesse de Berri, comparés aux diverses mascarades qui ont lieu en cour depuis le quatorzième siècle, par M. DUPONCHEL. 1er article. —Bulletin bibliographique de la littérature française et des arts. — Musique de M. Rossini, sur la ballade de M. CASIMIR DELAVIGNE (l'Ame du purgatoire).

DEUXIÈME VOLUME.

PREMIÈRE LIVRAISON.

Madame de Sévigné, par M. SAINTE-BEUVE. — Des Institutions littéraires à la Chine, par M. J. P. ABEL-RÉMUSAT. — Mœurs de la Corse. Mateo Falcone, par M. MÉRIMÉE. — Portrait de sir Walter Scott, par M. le duc DE LÉVIS. — De l'Influence du Gouvernement représentatif sur la santé, par M. A. MALITOURNE. — Bulletin bibliographique de la Littérature française et des Arts.

DEUXIÈME LIVRAISON.

Contes fantastiques d'Hoffmann, traduction d'un extrait du Pot d'or, par M. SAINT-MARC GIRARDIN. — Souvenirs et portraits de la Révolution française, par M. Charles NODIER. IIIe article. — De la Réaction thermidorienne et des Compagnies de Jésus. — Tableaux de mœurs, IIe proverbe, par M. E. SCRIBE. — Le Jeune Docteur, ou le Moyen de parvenir.

TROISIÈME LIVRAISON.

Aloysius Block, par M. LOÈVE-VEIMARS. — Essais de Palingénésie sociale. Ier Fragment, par M. BALLANCHE. — La Basse-Bretagne, ses mœurs, son langage, et ses monumens, par M. A. ROMIEU. — Des Critiques en matière d'Arts, par M. Eugène DELACROIX. — Lettre à M. le docteur A** sur l'hospice des Fous de Glascow, par M. le duc DE LÉVIS. — Bulletin des Littératures étrangères.

QUATRIÈME LIVRAISON.

Souvenirs de l'enfance de Walter-Scott, racontés par lui-même, traduits par M. Amédée PICHOT. — Une Nuit dans Alexandrie, par M. J. JANIN. — Portraits et Souvenirs de la Révolution française, par M. Charles NODIER. IVe article. — Les Prisons de Paris sous le Consulat. Ire partie. — Le Dépôt de la Préfecture et le Temple. — Panurge, Falstaff et Sancho, par M. Philarète CHASLES. — Bulletin de la littérature anglaise. — Analyse de deux légendes romantiques de Southey : Tout pour l'Amour, et le Pendu ou le Coq et la Poule. — Analyse du nouveau roman de Walter Scott : Charles-le-Téméraire ou Anne de Geierstern, la Fille du Brouillard. — Table des Matières contenues dans le 2e volume.

TROISIÈME VOLUME.

PREMIÈ LIVRAISON.

J.-B. Rousseau, par M. SAINTE-BEUVE. — Statistique des Journaux hebdomadaires de Londres, traduit de la Revue de Westminster, par M. A. LESOURD. — Des Sociétés secrètes au moyen-âge, Ier article, par M. CAPEFIGUE. — Examen critique de Marino Faliero, mélodrame en cinq actes et en vers, de M. Casimir Delavigne; par M. Charles NODIER. — Barcarolle chantée dans Marino Faliero, paroles de M. Casimir Delavigne, musique de M. PERUCHINI.

DEUXIÈME LIVRAISON.

Gluck, souvenirs de 1809, par E.-T.-A. Hoffmann (traduction de LOÈVE-VEIMARS). — Mœurs anglaises. — Inconvénient d'avoir un frère aîné lorsqu'on est Anglais et gentilhomme. (London Magazine.) — Le Carrosse du Saint-Sacrement, saynete, par M. MÉRIMÉE. — Bulletin bibliographique de la Littérature française.

TROISIÈME LIVRAISON.

Mœurs anglaises. — TOUJOURS PERDRIX (London Magazine), par M. TH. HOOCH. — Des monastères au moyen-âge, par M. MICHAUD, de l'Académie-Française. — Le Gondolier, ballade, par M. Casimir DELAVIGNE. — Les Catacombes de Saint-Michan, par PH. CHASLES. — *Statistique*. Recherches sur la répartition du milliard de l'indemnité, par M. A. MALITOURNE. — Ier article.

QUATRIÈME LIVRAISON.

Fragment par M. Victor Hugo. — Le Camp de Compiègne (1698), scènes historiques, par M. Loève-Veimars. — Quelques jours à Taganrog, pendant la dernière maladie de l'empereur Alexandre, par M. Frédéric Fayot. — Lecture du Moïse de M. Châteaubriand à l'Abbaye-aux-Bois, avec citation de quelques scènes et chœurs de cette tragédie; par M. de Latouche. — Table des Matières contenues dans le troisième volume.

QUATRIÈME VOLUME.

PREMIÈRE LIVRAISON.

Souvenirs et portraits de la Révolution française, par M. Charles Nodier. Ve article. — Des Prisons de Paris sous le Consulat, 2e partie, Sainte-Pélagie. — Quinze Jours à Rome pendant le dernier conclave, par M. le baron Henri Siméon. — Lettre du duc Choiseul sur les Mémoires de Mme Dubarry. — Fac-simile de deux lettres de Louis XV et de deux lettres de Mme Dubarry.

DEUXIÈME LIVRAISON.

Le Brun, par M. Sainte-Beuve. — Barba Yorghi, pilote grec. (Extractor.) Traduit par M. Lesourd. — Statistique. Recherches sur la répartition du milliard de l'indemnité, IIe article, par M. A. Malitourne. — Observations sur un passage des Mémoires de M. de Bourrienne, par M. le comte Alexandre de la Borde. — Portrait de Pie VII, de sir Thomas Lawrence, par M. Eugène Delacroix. — Bulletin bibliographique de la Littérature française.

TROISIÈME LIVRAISON.

Souvenir du siége de Dresden (1813), par E. T. A. Hoffmann. — Essais de Palingénésie sociale, par M. Ballanche. — IIe fragment (année 259 de Rome.) — Le Sermon de société, ou *les Actes sont des mâles et les paroles sont des femelles*. Proverbe, par M. Th. Leclercq. — La danse et les ballets, depuis Bacchus jusqu'à Mlle Taglioni. — Ier Article, par M. Castil-Blaze.

QUATRIÈME LIVRAISON.

Les Almanachs anglais (the Extractor), par M. A. Lesourd. — De don Pèdre, roi de Castille, surnommé el Cruel, el Justiciero, el Necessitado; et du chroniqueur don Lopez Ayala, contemporain de ce prince, par M. Ph. Chasles. — Vision de Charles XI, par M. P. Mérimée. — Le couvent des Trapistes de Bellefontaine, par M. Auguste Romieu. — Table des Matières contenues dans le quatrième volume.

CINQUIÈME VOLUME.

PREMIÈRE LIVRAISON.

De la littérature pendant la révolution. — 1er fragment. — Éloquence de la tribune. — La Gironde, par M. Ch. Nodier. — Rapport au ministre de l'intérieur sur la situation des bibliothèques publiques en France, par M. Buchon. — De l'éducation par les voyages, par M. Alex. de Laborde. — Économie politique. — De la taxe du pain à Paris, par M. Palluy. — Bulletin bibliographique de la littérature française.

DEUXIÈME LIVRAISON.

Recherches sur l'origine du recueil de contes intitulé Les Mille et une Nuits, par M. Sylvestre de Sacy. — Recherches statistiques et économiques sur les pâturages de l'Europe. — 1er article, par M. Moreau de Jonnès. — Poésie. — Rêverie, par M. X.-B Saintine. — Sermons de l'abbé Joie, par M. A. Loève-Veimars. — De la musique en France. De Rossini. De Guillaume Tell. 1er article, par M. G. Imbert de Laphalèque. — De l'audience accordée par S. M. Charles X à M. Victor Hugo, par M. L. Véron.

TROISIÈME LIVRAISON.

Mathurin Régnier et André Chénier, par M. Sainte-Beuve. — La cour d'Artus, conte fantastique, par E.-T.-A Hoffmann. — Recherches statistiques et économiques sur les pâturages de l'Europe. 2e article, par M. A.- Moreau de Jonnès. — De la musique en France. 2e article, par M. G. Imbert de Laphalèque.

QUATRIÈME LIVRAISON.

Lord Byron à Bruxelles et sur le champ de bataille de Waterloo, traduction de M. A. Lesourd. — Recherches sur la répartition du milliard de l'indemnité. 3e article, par M A. Malitourne. — La première représentation, ou Il faut voir pour savoir. Proverbe, par M. Th. Leclercq. — De la Musique en France. 3e et dernier article, par M. G. Imbert de Laphalèque. — Bulletin de la littérature anglaise. The book of the Boudoir. Le Livre du boudoir, par lady Morgan.

CINQUIÈME LIVRAISON.

La Mort d'un ange, par Jean-Paul. — Fragment d'un voyage aux Alpes, par M. Victor Hugo. — De l'invention de l'imprimerie, par M. Legouvé. — Sur le même sujet, par M. Saintine. — — La ville de Saint-Étienne, par M. J. Janin. — Bulletin de la littérature française et des arts.

SIXIÈME VOLUME.

PREMIÈRE LIVRAISON.

Bossuet, par M. Malitourne. — Éloquence de la tribune. Robespierre. 2e fragment, par M. Ch. Nodier. — Statistique. Des institutions des sourds-muets en France et à l'étranger, par M. Palluy. — Le paradis et l'enfer, par M. Kératry.

DEUXIÈME LIVRAISON.

Une représentation de *don Juan*, par E.-T.-A. Hoffmann. — Essais de palingénésie sociale. 3e fragment, par M. Ballanche. — Un bal à Moscou, par M. Frédéric Fayot. — La danse et les ballets depuis Bacchus jusqu'à Mlle Taglioni. 2e article, par M. Castil-Blaze.

TROISIÈME LIVRAISON.

La Fontaine, par M. Sainte-Beuve. — Souvenir d'un écolier des jésuites en Angleterre (*New-Monthly Magazine*). — Discours en vers pour une représentation solennelle en l'honneur de Pierre Corneille, par M. Casimir Delavigne. — Le Séminariste, ou A l'impossible nul n'est tenu, proverbe, par M. Th. Leclercq

QUATRIÈME LIVRAISON.

Lettre à M. le comte de Laborde sur les États-Unis, par M. Réal. — Recherches sur la répartition du milliard de l'indemnité. 4e article, par M. A. Malitourne. — Du style topographique, par M. Ch. Nodier. — Mémoires sur Talma, par son jardinier. — Fac-simile d'une lettre de Talma. — Beaux-arts. Portrait de M. Victor Hugo.

SEPTIÈME VOLUME.

PREMIÈRE LIVRAISON.

Réflexions sur la tragédie, à l'occasion d'une tragédie allemande de M. Robert, Ier article, par M. Benjamin Constant. — Marie, ou le Mouchoir bleu, par M. Étienne Béquet. — La Revue de Paris au 18e siècle, par M. J. Janin. — Tamango, par M. P. Mérimée.

DEUXIÈME LIVRAISON.

Recherches sur la conservation des auteurs profanes au moyen âge, par M. Poujoulat. — Scènes d'un village maritime en Angleterre, par M. Ph. Chasles. — De la Camaraderie littéraire, par M. de Latouche. — Erratum, par M. J. Janin.

TROISIÈME LIVRAISON.

Souvenirs d'un écolier des jésuites en Angleterre (*New Monthly Magazine*), traduction de M. Lesourd. — Réflexions sur la tragédie, à l'occasion d'une tragédie allemande de M. Robert, IIe article, par M. Benjamin Constant. — Quelques Observations pour servir à l'histoire de la nouvelle école littéraire, par M. Charles Nodier. — *La Rancune*, ou *Trop parler nuit*, proverbe, par M. Th. Leclercq. — Bulletin bibliographique de la littérature française et des arts.

QUATRIÈME LIVRAISON.

Souvenirs d'un écolier des jésuites en Angleterre, IIIe et dernier article. — Statistique littéraire et intellectuelle de la France pendant l'année 1828, par M. Ph. Chasles. — Le Fusil enchanté, par M. P. Mérimée. — Les dernières années et la mort d'Hoffmann, par M. Loève-Veimars.

HUITIÈME VOLUME.

PREMIÈRE LIVRAISON.

La Dame noire d'Altenotting (*Extractor.*), par M. A. Lesourd. — Du Canal maritime de Paris à Rouen, Ier et IIe article, par M. Stéphane Flachat. — Sur les Fouilles de Rome en 1829, par M. H. de Latouche. — Situation des établissemens municipaux dans le département de l'Yonne, IIe et IIIe article, par M. J. A. C. Buchon. — Album.

DEUXIÈME LIVRAISON.

La None de San Iago, par M. Henri de Kleist. — L'Hôtesse de Virgile, par Ph. Chasles. — Changement de domicile, par M. Ch. Nodier. — La Chanoinesse, proverbe, par Mme la vicomtesse de Chamilly. — Album.

TROISIÈME LIVRAISON.

Paul Wouvermann, par M. Aloys Schreider. — Federigo, par M. P. Mérimée. — De la vie d'hiver et de la vie d'été depuis la Charte, par M. A. Malitourne. — L'Abbaye de Newstead en 1815 et 1829, par M. A. Lesourd. — Des Drames merveilleux et fantastiques de Shakspeare, Ier article, par M. Ph. Chasles. — Un conclave, ballade, par M. Casimir Delavigne. — Soirée chez Mme Martinetti, à Rome, par M. E. Delécluse. — Album.

QUATRIÈME LIVRAISON.

Jérusalem et la mer Morte dans ces dernières années (*New Monthly Magazine*), par M. A. LESOURD. — Situation des établissemens municipaux dans le département de la Côte-d'Or. IIIe article, par M. BUCHON. — L'Occasion, par M. P. MÉRIMÉE.

NEUVIÈME VOLUME.

PREMIERE LIVRAISON.

Du théâtre et de Zacharias Werner, Causerie, par E. TH. HOFFMANN. — Racine, par M. SAINTE-BEUVE, Ier article. — La Folle, ou *A gens de village trompette de bois*, proverbe, par M. T. LECLERCQ.

DEUXIÈME LIVRAISON.

Poètes du clergé au siècle de Louis XV. Voisenon. Ier article, par M. J. TASCHEREAU. — Vanina Vanini, ou Particularités sur la dernière vente des Carbonari, découverte dans les états du Pape, par M. STENDHAL. — Album.

TROISIÈME LIVRAISON.

Le Maure de Venise, traduit d'une des cent nouvelles de Giraldi-Cinthio, par M. DELÉCLUSE. — Du canal Maritime de Paris à Rouen, IIIe et dernier article, par M. STÉPHANE FLACHAT. — Une Commune (1468), par M. ÉMILE MORICE. — Sur quelques mots dont le sens a changé, par M. A. V. ARNAULT, de l'Académie-Française.

QUATRIÈME LIVRAISON.

Anecdotes d'un voyage en Russie (1828), *Monthly Review*. — Poètes du clergé au siècle de Louis XV; IIe article. — Grécourt. Lattaignant. Par M. J. TASCHEREAU. — Sur les ouvrages inédits d'André Chénier; Ier article, par M. H. DELATOUHE. — Romances imitées de l'illyrique et de l'espagnol. — Le Ban de Croatie. — Le Heiduque mourant. — La Perle de Tolède. Par M. P. MÉRIMÉE. — Discours prononcé le 24 décembre 1829, par M. ÉTIENNE, pour sa rentrée à l'Académie-Française, en remplacement de M. Auger. — Album.

DIXIÈME VOLUME.

PREMIÈRE LIVRAISON.

Lucretia Davidson. — Histoire d'une jeune Américaine morte à l'âge de 17 ans (*Quarterly Review*), par M. A. Pichot. — Des drames merveilleux et fantastiques de Shakspeare. — IIe et IIIe article, par M. Ph. Chasles. — Lettres de Louis XVIII, traduites de l'anglais. — Lettre de M. le comte de Pradel au sujet des lettres de Louis XVIII, traduites de l'anglais. — Othello et Sganarelle, ou des avantages qui résultent pour les femmes d'être battues, par M. Delécluse.

DEUXIÈME LIVRAISON.

Une visite au président des États-Unis d'Amérique (*Court Journal*), par M. A. Lesourd. — Aperçu des principales vicissitudes de la topographie de Rome, depuis son origine jusqu'à nos jours. — Ier art., par M. Raoul Rochette. — Le coup d'état, proverbe, par M. de Fongeray.

TROISIÈME LIVRAISON.

Projet d'une association industrielle sous le nom de Compagnie générale du Levant, par M. A. de Laborde. — État des mœurs et des esprits à la fin du XVIIIe siècle. — État du théâtre. — Ier et IIe art., par M. Saint-Marc Girardin. — Poésie. Le dernier jour de Salvator Rosa, par M. H. Delatouche. — De la situation actuelle du théâtre en France. — Ire représentation d'*Une Fête de Néron*, tragédie nouvelle de MM. Soumet et Belmonté; par M. P. Chasles.

QUATRIÈME LIVRAISON.

Anecdotes d'un voyage en Russie (1828). — IIe article. — La Législation et les Prisons russes (*New Monthly Magazine*), traduction de M. A. Lesourd. — Souvenirs de l'Empire. — Portraits. — Ier article, par M. Ch. Nodier. — Album, etc.

ONZIÈME VOLUME.

PREMIÈRE LIVRAISON.

Dona Concha, traduit de l'allemand, par M. A. Loève Veimars. — Horace. — Ier art.; par M. Cuvilier-Fleury. — Poésie. — Le Serment du Faisan; par M. X. Saintine. — De la poésie en France au XIXe siècle. — Ier article; par M. Ph. Chasles. — *Vie et Poésies de Joseph Delorme. — Contes d'Espagne et d'Italie, par M. Alfred de Musset. — Traduction du Dante, par M. Antoine Deschamps.*

DEUXIÈME LIVRAISON.

Statistique des Journaux de Province en Angleterre. IIe article; Journaux d'Écosse et d'Irlande (*Westm. Review*); par M. A. Lesourd. — Aperçu des principales vicissitudes de la Topographie de Rome, depuis son origine jusqu'à nos jours. — IIe partie, par M. Raoul-Rochette. — Le Vase Étrusque, par M. Mérimée.

TROISIÈME LIVRAISON.

Le Siége du Château de Coïmbre (*traduit des Chroniques Portugaises de Duarte Nunez de Liao*). — Souvenirs historiques, à l'occasion de l'ouvrage de M. Bignon. — Ire lettre, par M. Benjamin Constant. — L'Ile du Cocotier (*Jonathan le Visionnaire*), par M. X. B. Saintine. — Essai sur les Artistes célèbres. — Raphaël, par M. Eugène Delacroix. — Le Bouquet de bal, par M. Eugène Scribe. — Romance-musique, par Mme P. Duchambge.

QUATRIÈME LIVRAISON.

Anecdotes d'un Voyage en Russie (1828). — *Le supplice du Knout.* — *Exécution d'un assassin condamné à ce supplice.* — *La douane de Pétersbourg.* — *Histoire d'un jeune homme exilé en Sibérie.* — *L'empereur Alexandre premier auteur du plan de révolution tentée à l'avénement de Nicolas.* — *Espions féminins employés par le gouvernement russe.* (*New Mont. Mag.*) Aperçu des principales vicissitudes de la topographie de Rome, depuis son origine jusqu'à nos jours. — Troisième et dernière partie, par M. Raoul-Rochette. — Du plagiat et des plagiaires, par M. V. Arnault, de l'Académie-Française. — Examen critique d'Hernani, par M. Ph. Chasles. — Album. — Le Roi de Bohême et ses sept Châteaux, par M. Ch. Nodier. — L'Hiver, la Bienfaisance et les Bals. — Éducation par les Voyages. — Mémoires de Lord Byron. — *L'Idée fixe* de M. Vatou. — Les académiciens en marbre. — Découverte d'un animal qui est à la plus volumineuse bête de la création ce qu'est l'éléphant à la souris. — Le duc de Lévis. — Révolution d'Angleterre. — La comédie nouvelle de MM. Mazères et Empis. — Les deux Fous de M. Jacob, bibliophile, fragment.

DOUZIÈME VOLUME.

PREMIÈRE LIVRAISON.

Statistique des Journaux de province en Angleterre (Journaux d'Irlande) (*Westminster Review*). — Le Trésor de Henri Estienne, par M. Loève Veimars. — Poésie. Épître à M. Saintine, par MM. Barthélemy et Méry. — Lavalette. Souvenirs historiques empruntés à ses Mémoires. Son enthousiasme royaliste au 10 août. Prophétie. Campagne d'Italie; mission dans le Tyrol; promesse de Bonaparte. Le 18 fructidor; une scène du directoire. Coup de main à Gênes. Voyage en Suisse. Séjour à Rastadt. Mariage avec mademoiselle de Beauharnais. Campagne d'Égypte. L'amiral Brueys ; Peluse ; Saint-Jean-d'Acre ; le quatorzième assaut ; intrépidité de Bonaparte. Le 18 brumaire. Mission à Dresde. Les postes sous l'empire. Les cent jours ; embarras de l'Empereur. Arrestation de Lavallette ; son procès, sa condamnation, son rêve dans un cachot ; zèle courageux du duc de Raguse ; l'évasion ; la mansarde ; la fuite à l'étranger ; dangers sur la route ; le commis-voyageur ; le gendarme ; mot de Wilson. Le roi de Bavière. Retour en France. Mme de Lavallette. Lettre au roi. Retraite de Lavallette ; son dévouement, sa mort, par M. Cuvilier-Fleury.

DEUXIÈME LIVRAISON.

Le Tombeau de Lord Byron à Hucknall-Torkard (*New Monthly Magazine*). — De la réforme actuelle dans les lettres et dans les arts, par M. B. C. Dunoyer. — Une Fête en Provence à la mémoire de l'abbé Barthélemy. La Fête. La Veillée. Le Rêve, par M. Audibert. — Un Chapitre de la Confession, par l'auteur de *l'Ane mort et la Femme guillotinée.*

TROISIÈME LIVRAISON.

Anecdotes d'un Voyage en Russie (1828). IVe article. Moscou. Son origine. Le Kremlin. La croix et le croissant. Description de la nouvelle ville, telle qu'elle a été rebâtie depuis l'incendie de 1812. Notre-Dame de Kasan. L'arsenal du Kremlin. Les bottes de Pierre-le-Grand. La litière de Charles XII. Les fusils français. La grosse cloche de la cathédrale de Moscou. La tour d'Ivan Velikoi. Respect des Russes pour les pigeons. L'établissement des Enfans Trouvés. Mode d'admission. Nombre des enfans admis. Inscriptions à l'encre rouge. Inscriptions à l'encre noire. La chasteté des femmes russes. (*New Monthly Magazine*). — De la poésie en France au XIXe siècle. Vie et Poésies de Joseph Delorme. Contes d'Espagne et d'Italie, par M. Alfred de Musset. Traduction du Dante, par M. Antoni Deschamps. IIe article, par M. Ph. Chasles. — Lettre au Directeur de la Revue de Paris, par M. le comte Réal. — Lord Byron en Italie. Récit d'un témoin oculaire (1816), par M. Stendhal.

QUATRIÈME LIVRAISON.

Une Attaque de Voleurs au Mexique. (*New Monthly Magazine.*) — De la Comédie politique en France de 88 à 90. Ier article. Le Parlement de Paris, par M. St-Marc Girardin. — Sur les Ouvrages inédits d'André Chénier (plusieurs fragmens de poésie). IIe et dernier article, par M. H. de Latouche. — Les Mécontens (1810), par M. P. Mérimée. — Album. Concours pour le Prix de la *Revue de Paris*. Élections académiques. Raout anglais des Menus-Plaisirs ; l'Invitée de tous les salons. M. Van Praët, académicien. Les deux nouveaux voyageurs aux sources du Niger. Bal de Mlle Bigotini, etc., etc. Avis aux lecteurs de la *Revue de Paris*. Contenu des douze volumes publiés dans la première année de la *Revue de Paris.*

Deuxième Année.

TREIZIÈME VOLUME.

PREMIÈRE LIVRAISON.

Une attaque de Voleurs au Mexique. IIe article. (*New Monthly Magazine*). — Souvenirs de l'Empire. Portraits. Le général Malet, le colonet Oudet, par M. CH. NODIER. — Le Ciel d'Athènes, stances par M. P. LEBRUN. — Horace. IIe article, par M. CUVILIER-FLEURY. — Album.

DEUXIÈME LIVRAISON.

Esther Warncliff, histoire du temps de la reine Marie. (*The Polar Star.*) — De la Comédie politique en France de 88 à 90. IIe article. La cour plénière, par M. ST-MARC GIRARDIN.—Discours prononcé le 1er avril, par M. de LAMARTINE, pour sa réception à l'Académie française en remplacement de M. le comte Daru.—Album.

TROISIÈME LIVRAISON.

Une Attaque de Voleurs au Mexique. IIIe article. (*New Monthly Magazine*). — Souvenirs de l'Empire. IIe article. Le colonel Oudet, par M. CH. NODIER.—La Prophétie de Jean de Milan, histoire mexicaine, par X. B. SAINTINE. — Album.

QUATRIÈME LIVRAISON.

M. de Wodenblock, histoire merveilleuse. (*The Polar Star.*) — De la Comédie politique en France de 88 à 90. IIIe article. La cour plénière, par M. SAINT-MARC GIRARDIN. Correspondance. Lettre de M. le comte Montalivet, pair de France, de France, au directeur de la *Revue de Paris,* sur une proclamation de Souwarow aux armées russes, suivie de cette proclamation. — L'avénement (1640-1830) par M. EMILE MORICE. — Album.

QUATORZIÈME VOLUME.

PREMIÈRE LIVRAISON.

Voyage de Locke en France, de 1675 à 1679. Ier fragment. (*Life of Loke by lord King.*—Trop tard, par M. LOÈVE-VEIMARS.— Souvenirs de Morée. Ier fragment, par M. CH. LENORMAND. — Album.

DEUXIEME LIVRAISON.

Voyage de Locke en France de 1675 à 1679. IIe fragment. (*Life of Loke by lord King*). — Le Coffre et le Revenant, aventure espagnole, par M. STENDHAL. — Fragment d'une lettre sur le Brésil à M. Casimir Delavigne, par M. le colonel BRAKE. — Album.

TROISIÈME LIVRAISON.

L'Ile des Contrebandiers. (*The Polar Star.*) — De la Comédie politique en France de 88 à 90. IVe article. — La Cour plénière, héroï-tragi-comique, par M. SAINT-MARC GIRARDIN. — Souvenirs de Morée. IIe fragment, par M. CH. LENORMANT. — Album.

QUATRIÈME LIVRAISON.

Rapport sur le concours pour le prix de deux mille francs fondé par la *Revue de Paris*. — Premier prix de 1500 francs. Discours sur cette question : *Quelle a été l'influence du Gouvernement représentatif, depuis quinze années, en France, sur notre littérature et sur nos mœurs ?* — Album.

CINQUIÈME LIVRAISON.

Lettre sur le Mexique, par M. V. SCHOELCHER. — De la Philosophie et de la Critique dans les œuvres d'Horace, par M. CUVILIER-FLEURY. — Visite à Oxford et Cambridge, par M. H. FRIEDLAENDER. — Album.

QUINZIÈME VOLUME.

PREMIÈRE LIVRAISON.

Second prix. Discours sur cette question : *Quelle a été l'influence du gouvernement représentatif, depuis quinze années, en France, sur notre littérature et nos mœurs ?* par M. ÉDOUARD TERNAUX. — Le Philtre, imité de l'italien de Silvia Valaperta, par M. STENDHAL. — Michel-Ange, par M. EUGÈNE DELACROIX. — Album.

DEUXIÈME LIVRAISON.

Souvenirs de Corse. La Trève de Dieu, par M. ROSSEEUW SAINT-HILAIRE. — Harmonie. Au Rossignol, par M. DE LAMARTINE. — Aristophane, par M. JANIN. — Le Comité Directeur, proverbe, par M. TH. LECLERCQ. — Album.

TROISIÈME LIVRAISON.

Seconde Lettre sur le Mexique, par M. V. SCHOELCHER. — Des Talens chez les Femmes, par M. FÉLIX BODIN. — La Partie de Trictrac, par M. P. MÉRIMÉE. — Album.

QUATRIÈME LIVRAISON.

Anecdotes d'un Voyage en Russie (2828). Détails sur Moscou. Les Diligences russes. Twer. Les postillons russes. Torsholko et son commerce de pantoufles. Waldaï. (*New Monthly Magazine.*) — Une mort volontaire, par M. A. CARREL. — Poésie. Vengeance du Nil (vers inédits), par MM. MÉRY et BARTHÉLEMY. — De la Prose française et de Diderot, par M. CH. NODIER. — Aristophane, par M. BENJAMIN CONSTANT. — Album.

SEIZIÈME VOLUME.

PREMIÈRE LIVRAISON.

La Dernière Heure, vision, par M. JEAN-PAUL-FR. RICHTER. — Les Secrètes Pensées de Rafaël, gentilhomme français, par M. ALFRED DE MUSSET. — Le Tête-à-Tête, ou Trente lieues en poste, par M. E. SCRIBE. — Album.

DEUXIÈME LIVRAISON.

Des manuscrits retrouvés de Diderot. Deux Lettres inédites de Diderot. — L'Homme au milieu de la création, par M. N. A. DE SALVANDY. — Poésie. A Notre-Dame de Lorette. Ballade, par M. ALFRED DE WAILLY. — Souvenirs historiques. Deuxième lettre, par M. BENJAMIN CONSTANT. — Correspondance. Lettre datée de Berlin sur Mlle Sontag et sur la Prusse, par M. SAINT-MARC GIRARDIN. — Album.

TROISIÈME LIVRAISON.

Juvénal, par M. NISARD. — Louis XI et François de Paule, scène historique en vers, par M. A. Robert, élève de rhétorique au collége royal d'Henri IV (*Institution Caron*). — Mœurs écossaises. L'Orage de Tamantoul, par M. PH. CHASLES. — Michel-Ange. IIe article, par M. EUGÈNE DELACROIX. — Album.

QUATRIÈME LIVRAISON.

Est-elle veuve? est-elle mariée? (*The Polar Star.*) Traduction de M. A. LESOURD. — Ovide, par M. CUVILIER - FLEURY. — Poésie. A M. de Lamartine, par M. A. DE BEAUCHESNE. — Souvenirs historiques. Troisième lettre, par M. BENJAMIN CONSTANT. — Album. — Ballade de M. ALFRED DE WAILLY, mise en musique par Mlle LOUISE BERTIN.

DIX-SEPTIÈME VOLUME.

PREMIÈRE LIVRAISON.

Paris. Les 26, 27, 28 et 29 juillet 1829, par M. L. VÉRON. — Influence réciproque des Beaux-Arts sur la Civilisation, et de la Civilisation sur les Beaux-Arts, par M. CH. DUNOYER. — La Matinée d'un Prélat, ou Vanité des vanités, tout est vanité. — Proverbe, par M. TH. LECLERCQ. — Album.

DEUXIÈME LIVRAISON.

Deux Lettres inédites de Diderot. — Poésie. Le Soldat blessé, par M. X.-B. SAINTINE. — Des Auteurs dramatiques anglais contemporains de Shakspeare. Ier article. Jean WEBSTER. Des époques favorables au génie dramatique. Matériel des théâtres en Angleterre sous le règne d'Élisabeth. Des auteurs et des acteurs contemporains de Shakspeare. Influence du style biblique. John Webster. Analyse de Vittoria Corombona, ou le Diable Blanc, tragédie en cinq actes, par M. CHASLES. — De la nécessité présente d'appeler les gens de lettres aux affaires, par M. L. VÉRON. — Album.

TROISIÈME LIVRAISON.

Troisième Lettre sur le Mexique. Guanajuato. Ses rues. Ses églises. Siége de la ville par les Américains. Sa fabrique de cigarres. Ses greniers de maïs. Ses mines. La Valanciana. Son mode d'exploitation. Les mineurs, par M. SCHOELCHER. — La Dot de l'Etudiant, ou A compte sur le mariage, par M. ROSSEEUW SAINT-HILAIRE. — Un Quart-d'Heure après la Victoire, par M. PH. CHASLES. — De la Doctrine politique et religieuse de Saint-Simon. Les prêtres saint-simonistes. Leur pape. Destinée nouvelle des femmes. Le droit d'héritage aboli. Leur fonds commun. Le mariage des saint-simonistes. Leurs prédications au Prado et rue Monsigny. Mme Malibran, grande-prêtresse. Les progrès du saint-simonisme. — Album.

QUATRIÈME LIVRAISON.

Fragmens extraits des Discours de Charles Grattan, orateur irlandais (1690). — Fresnel, par M. ARAGO. — Le Triomphe National, ode en hommage aux citoyens de Paris, lue à la séance publique de l'Académie-Française, le 25 août 1830, par M. NÉPOMUCÈNE-L. LEMERCIER. — Album.

DIX-HUITIÈME VOLUME.

PREMIÈRE LIVRAISON.

Les doctrinaires, par lady Morgan. — Louis XI et Olivier Ledaim, scène historique, par M. A. ROBERT. — La chasse de Charles IX, par L.-P. JACOB, bibliophile. — Album.

DEUXIÈME LIVRAISON.

Une nuit en Calabre, 1783. (*Craven's tour in south Italy.*) — Sir Humfray Davy, par M. Cuvier. — Des auteurs dramatiques anglais contemporains de Shakspeare. — Jean Webster (2e article). — Vittoria Corombona, ou le Diable Blanc, tragédie. — Suite de l'analyse de cette pièce, etc. — Hôtel de Ninon de Lenclos, au Marais, par lady Morgan.—Album.

TROISIÈME LIVRAISON.

Charles X et sa famille dans l'île de Wight. (*Isle of Wigh's Intelligencer.*)— Le tableau d'église, par M. Alfred de Musset. — Histoire d'Angleterre par sir J. Mackintosh, par M. Rosseeuw Saint-Hilaire. — La Curée, par M. Auguste Barbier. — Lettres inédites de Mme Cottin, par M. H. de Latouche. — Album.

QUATRIÈME LIVRAISON.

De l'incendie de Pouzzoles en 1535, par Marc-Antonio degli Falconi. — Des types en littérature, par M. Charles Nodier.—De l'esprit italien. Rome en 1820, par M. Cuvilier-Fleury.—Une semaine de Paris (nouvelle messénienne), par M. Casimir Delavigne. — Album.

ON SOUSCRIT

A PARIS,

Au Bureau de la Revue de Paris,

RUE DES FILLES-SAINT-THOMAS, N° 17.

www.ingramcontent.com/pod-product-compliance
Ingram Content Group UK Ltd.
Pitfield, Milton Keynes, MK11 3LW, UK
UKHW020441220726
13923UKWH00005B/2267

9 782019 704896